小恐龍 **正向思維** 魔法繪本

憂憂龍，今天多美好！

瑞秋‧布萊特 (Rachel Bright) 著
克里斯‧查特頓 (Chris Chatterton) 繪
潘心慧 譯

新雅文化事業有限公司
www.sunya.com.hk

小恐龍正向思維魔法繪本
憂憂龍，今天多美好！

作者：瑞秋‧布萊特（Rachel Bright）
繪圖：克里斯‧查特頓（Chris Chatterton）
翻譯：潘心慧
責任編輯：黃偲雅
美術設計：李成宇、許鍩琳
出版：新雅文化事業有限公司
香港英皇道 499 號北角工業大廈 18 樓
電話：（852）2138 7998
傳真：（852）2597 4003
網址：http://www.sunya.com.hk
電郵：marketing@sunya.com.hk
發行：香港聯合書刊物流有限公司
香港荃灣德士古道 220-248 號荃灣工業中心 16 樓
電話：（852）2150 2100
傳真：（852）2407 3062
電郵：info@suplogistics.com.hk
印刷：中華商務彩色印刷有限公司
香港新界大埔汀麗路 36 號
版次：二○二三年七月初版

ISBN: 978-962-08-8238-8
Original Title:*The Wobblysaurus*
First published in Great Britain in 2019 by the Watts Publishing Group
Text © Rachel Bright 2019
Illustrations © Chris Chatterton 2019

Traditional Chinese Edition © 2023 Sun Ya Publications (HK) Ltd.
18/F, North Point Industrial Building, 499 King's Road, Hong Kong
Published in Hong Kong SAR, China
Printed in China

一個**温暖晴朗**的早上，
紅色的憂憂龍剛睡醒；
在美麗清澈的藍天下，
他慢慢地睜開了眼睛。

他刷一刷
尖尖的牙齒，

再洗一洗
頭和尾巴。

他將一袋小點心
放進背囊裏，
然後沿着小徑**出發**。

憂憂龍踏着**輕快**的腳步，
走過金黃色的沙地，
一邊想着這一天的活動──
是他**精心計劃和準備**的。

7

美味
可口的
夏日野餐，各種
好吃的食物。

恐龍
小餅乾

憂憂龍喜歡
**一切都在
計畫之中。**

但他沒走多遠，
小腦袋就**轉個不停**，
開始想像一些
可能會**出錯**的事情……

10

今天帶的食物
夠吃嗎？

帶的水
夠喝嗎？

這隻憂憂龍
就是經常
想太多。

他想：

萬一迷路了怎麼辦？

或者不小心絆倒了呢？

輕快的腳步變得越來越**沉重**……

他開始氣喘喘，慢吞吞，

好像烏龜那樣移動。

憂憂龍喜歡

一切準備**妥當**，

任何出乎意料的事情……

都會讓他感到

驚慌。

這時候……

12

……突然不知從哪裏跑出來一隻**小蜥蜴**

上竄下跳，

在他面前

還指着天空**吱吱大叫：**

「我看**暴風雨**快要來了！
聽說已經開始向這邊移動！」

哎，
這真的是給憂憂龍**煩惱**的一天
再添上一大片烏雲呀！

「暴風雨？」憂憂龍說。
「在那麼乾燥和温暖的大晴天嗎？」

但這消息已成為一隻**情緒小蝴蝶**，
在他心裏噗噗地拍着翅膀。

「這場雨我是
毫無準備的啊！」

「我都沒穿雨靴呢！」

他的牙齒開始
格格地**顫動**，
而且兩腿發軟，
好像變成了果凍。

而這時天空還是藍色的！
陽光也一直照着大地！
但憂憂龍對野餐的興致，
已經消失到毫無痕跡。

應該
找個山洞
避雨嗎？

還是

跑回家
躲起來？

他心裏的**情緒小蝴蝶**
越來越活躍了！

但這時候，他想起
媽媽常說的話：

「噢，我的
　　小憂憂龍，

快把情緒小蝴蝶趕走吧！

別再整天擔心了，親愛的，
　你必須嘗試**控制自己**
　不往壞的方向想。
　　如果事情沒有好的結果，
　　那就表示還沒結束呀！」

於是憂憂龍從他的背囊取出一個小鐵盒，這裏有幫助他**忘記煩惱**，帶給他**快樂**的東西。

一根特別的樹枝、

他的玩具熊、

小圓石

我勇敢的小寶貝，我真為你感到驕傲

和一封信。

一個接一個，
他抱住它們的時候
感覺一切都逐漸好起來！

然後他把小鐵盒
放回背囊裏，
同時也**放下**
腦子裏的**擔憂**……

他把**情緒小蝴蝶**
放走，
以快樂的念頭來代替。

「我要
挺起胸膛來，
做一個
堅強的小孩！」

「我要趕走所有的恐懼！
一切都很好！一切都很妥當！一切都沒問題！」

這幾個
小口號

使他不再
胡思亂想。

既然現在
　　陽光普照，

又何必擔心會下雨？

27

於是憂憂龍和小蜥蝪
　在陽光下共享小野餐。
說起剛才擔心的事情
　都**哈哈大笑**，真好玩！

只要懂得**活在當下**，
　就不必逃跑或藏躲。

那麼，
憂憂龍再看到的
小蝴蝶
也只能是……

……外面會**採花蜜**的那一種囉！